ENTRE DEUX DRAPS

OU

CE QU'IL Y A AU FOND D'UNE TASSE DE CAFÉ.

PARIS. —Imp. de LACOUR, rue St-Hyacinthe-St-Michel, 33.

ENTRE DEUX DRAPS

OU

CE QU'IL Y A

AU FOND D'UNE TASSE DE CAFÉ

Par G. LH*..**

ET

Précédé d'une préface par Jean de la Fontaine.

> Nescio quid meditans nugarum et totus in illis.
>
> HORACE.

PARIS

CHEZ MÉNARD, RUE DES GRÈS, 13.

1847

PRÉFACE.

Car, que faire en son gîte, à moins que l'on ne songe?

JEAN DE LA FONTAINE (1).

(1) Nous demandons pardon au public de nous présenter à lui de nouveau pour une pareille frivolité, et surtout sous le patronage d'un nom aussi vieux et aussi usé; mais, totalement inconnu des grands hommes en exercice de réputation dans la presse, nous avons dû, à défaut d'une préface signée d'un esprit transcendant, emprunter celle-ci au *Bonhomme*. Quelle humiliation! Quand on n'a pas ce que l'on veut, il faut pourtant vouloir ce que l'on a.

G. LH***.

ENTRE DEUX DRAPS

OU

CE QU'IL Y A AU FOND D'UNE TASSE DE CAFÉ.

CHAPITRE PREMIER.

En commençant cette œuvre, qui n'a d'autre charme pour moi que l'inconnu et le caprice, je n'avais pas songé à l'odieux du *moi*, terreur de Montaigne. Un lit est quelque chose comme un trône; un homme couché est toujours ou très oublieux des formes, ou très incohérent dans ses idées. Dans la solitude de mon alcôve, le lecteur n'apparaissait qu'à l'extrémité de la perspective, lorsqu'en écrivant CHAPITRE PREMIER, je l'ai vu se dresser dans sa sévérité de juge. Hélas! lecteur, n'êtes-vous jamais resté deux heures éveillé entre deux draps? N'avez-vous jamais cédé au démon de la ruelle qui fait tourner sous les yeux un miroir à mille facettes? Ou plutôt, comprenez-vous comment, étant seul, on puisse, sur sa couchette, faire parler le principal personnage et se taire? N'est-ce rien, d'ailleurs, que cette abnégation d'amour-propre dont les exemples sont si rares dans l'histoire et qui consiste à exposer la familiarité de l'intérieur, ses travers, ses frivolités intimes, et leur plus précieuse valeur, l'incognito? Remarquez encore, je vous prie, que je me borne à la première personne du singulier, tandis que j'aurais pu dire :

« Nous nous sommes mis au lit ce soir à huit heures, et le sommeil semble nous fuir. En conséquence, nous avons résolu d'écrire tout ce que la fantaisie nous inspirera, gai ou triste, grave ou léger.

« Nous attribuons cette disposition extraordinaire à l'action d'une tasse de café que nous avons prise par suite des circonstances qu'on va lire. »

CHAPITRE II.

INTRODUCTION.

—

J'entrai ce matin chez le docteur A***. Il était plongé dans un moelleux *voltaire*, les jambes tendues vers le feu, enveloppé à double enceinte dans sa robe-de-chambre, le chef enfoncé dans une *grecque* de soie violette, savourant longuement une pincée de *Virginie*, et souriant sous ses lunettes de vermeil, dans la béatitude d'un homme sans passions, à une pensée heureuse.

— Docteur, lui dis-je, j'éprouve à la tête une lourdeur pénible; car, homme de lettres par malheur et amoureux par accident...

— Diable! dit le docteur, quelle complication!

— J'ai besoin, continuai-je, de toute l'activité de mon imagination et de toute la lucidité de mon esprit. Et, jugeant le cas grave, j'ai pris la résolution, docteur, de m'adresser à vous, comme à l'un des plus dignes adeptes de cette science de guérir qui règne sur toute l'humanité.

— Monsieur, me dit le docteur aspirant plus bruyamment son tabac et agréablement chatouillé par la sonorité de la période, les affections des gens de votre âge et de votre profession exigent un diagnostic tout particulier. Chez les individus de votre espèce, — vous me pardonnerez ce mot purement scientifique, — les réactions s'opèrent en sens inverse. Au lieu d'une action de la matière sur l'esprit, nous avons une influence de l'esprit sur la matière. Ainsi, je vous demanderai d'abord si vous ne sentez pas ici, vers la région occipitale, un engourdissement, une sorte de replétion gênante, qui vous ferait croire que votre cerveau loge un corps étranger et dur qui en paralyse l'organisation ?

— Je ne sens, répondis-je en me tâtant la tête avec une bonne foi parfaite, qu'une grande confusion et une certaine lenteur dans la pensée.

— Tant mieux, dit le docteur; le mal n'en est qu'à son germe; vous êtes venu à temps : le cas est simple encore. Eh bien ! Monsieur, vous portez tous les symptômes de ce que j'appelle, dans mon traité des maladies intellectuelles, une *pléthore d'idées.*

— Une *pléthore d'idées!* m'écriai-je.

— Oui, Monsieur. Pourquoi pas? Oublions pour un moment qu'il y ait jamais eu des philosophes, — et je souhaiterais qu'il n'en eût jamais existé, si la surabondance de la population ne forçait à conserver les professions inutiles; — oublions que des gens, qui n'avaient pas même disséqué un fœtus! aient rêvé autrefois un double système dans l'homme : l'incompatible alliance de deux natures différentes, la matière périssable et tangible avec l'essence immortelle et insaisissable; et, considérant la grande simultanéité, l'exacte coïncidence, la réciprocité d'action des deux natures supposées différentes, admettons, nous, qu'elles ne font qu'une.

— Ho! ho! dis-je, je ne puis admettre cela.

Mais, me faisant aussitôt le raisonnement de Basile, et craignant qu'il ne fût terminé par le docteur à la façon de Figaro, je me repentis de ma sortie. Il n'en fut point dérangé.

— Admettez-le pourtant, il le faut. Je n'ai ni le désir ni le temps de discuter; sans quoi je vous apprendrais que la médecine est la science de l'observation. Or, l'observation en anatomie ne m'a jamais découvert la moindre trace d'âme; donc, je suis dispensé d'y croire. Peut-être, un jour, obtiendra-t-on des instruments assez subtils pour faire cette découverte; alors que nos successeurs aient foi. Pour moi, non; je ne suis astreint qu'aux vérités patentes et palpables; le produit de mes expériences forme ma conviction. Ainsi donc, le corps et l'âme, quoique différents sur le reste, comme le sang et la bile, ont pourtant entre eux un principe homogène, une analogie d'action, et doivent par conséquent être traités par des remèdes analogues. C'est la base de tout un système médical auquel je mettrai bientôt la dernière main.

— Et que vous publierez? demandai-je, non sans quelque effroi.

— Et que je publierai prochainement.

— Gardez-vous en bien ! m'écriai-je. Ce système de l'absolu matérialisme, qui, d'ailleurs, n'est pas tout-à-fait neuf, va jeter une immense perturbation dans la morale.

— Panique de séminariste et d'écolier, reprit-il en frappant sur sa tabatière d'écaille. La morale s'arrangera comme le commerce à l'apparition de quelque puissante machine. Il y a une oscillation; puis la masse, un moment ébranlée, reprend son centre de gravité. Du reste, ceci n'est pas mon fait : je me dois à l'auguste vérité de la science.

— Maintenant, docteur, quel traitement dois-je appliquer à cette maladie, jusqu'alors innommée, de l'intelligence?

— Il n'en est pas de plus simple : prenez vingt-quatre grammes de travail par jour.

— Vingt-quatre grammes de travail! Allons, docteur, je vois maintenant que vous voulez rire à mes dépens.

— Rire, monsieur? de qui? de quoi? rire! à quelle fin? comment expliquez-vous qu'on rie de la science?

Je lui fis de très humbles excuses. Il reprit :

— Vingt-quatre grammes de travail, c'est-à-dire, vingt-quatre heures, afin de conserver les termes formulaires. Mais comme nous avons plusieurs espèces de *travail*; le travail qui fortifie la débilité, le travail qui soulage du trop plein les vaisseaux intellectuels; le quinquina et la saignée de l'intelligence; vous allez m'indiquer la cause du mal, afin que je lui subordonne le remède. Et tenez, j'en sais peut-être là-dessus aussi long que vous.

« Je suppose que, quelque jour, vous avez vu poindre par le sens de la vue intérieure une idée telle quelle qui vous a séduit, que vous avez caressée, dont vous avez aidé le développement jusqu'à l'époque où, la sentant en pleine maturité, vous vous prépariez à lui ouvrir une issue. Mais un événement, une passion peut-être, vous saisit brusquement, tomba sur l'idée brûlante, tuméfiée, impatiente de prendre son essor, comme un réfrigérant, et la comprima dans une région du cerveau où son ampleur adhéra, se comprima, se *vissa*, pour ainsi dire.

« Un exemple pour éclairer le fait.

« Dans une chaudière hermétiquement fermée, vous chauffez de l'eau. Cette eau entre en ébullition et enfin se vaporise. Alors, si vous ôtez le couvercle, elle se répand au dehors, laissant la chaudière vide pour une nouvelle expérience. Mais que vous éteigniez le feu au moment de la chaleur la plus intense, et que vous entouriez aussitôt le vase de matières au-dessous de zéro, qu'arrive-t-il ? C'est que la vapeur retombe en eau, l'eau se tourne en glace qui s'attache tellement aux parois de la chaudière que la moindre augmentation de froid peut la faire éclater. Vous n'en êtes encore qu'à la liquefaction, monsieur ; il n'y a que refroidissement, tout simplement coriza moral ; il ne s'agit que de faire écouler l'idée en prévenant la congélation : ce qui présente bien plus de facilité que dans la dernière période. — Etait-elle grosse cette idée, monsieur? »

— Un roman, docteur, un roman qui devait me rapporter une ferme en Beauce et la faculté de dîner tous les jours à la *Maison dorée* ou au *Café anglais*. Soixante-cinq volumes; cinq d'introduction, quarante-cinq de récit, quinze de conclusion. Il y aurait bien eu quelques blancs: mais l'édition n'en eût été que moins fatigante à lire.

— Soixante-cinq volumes, malheureux jeune homme! murmura le docteur A***. Votre littérature est une courtisane qui épuise ses amants. Et tout cela est rentré! heu, heu... quel encombrement du magasin intellectuel... Réflexion faite, vous ne prendrez que douze grammes de travail par jour, jusqu'au complet dégagement. Des pharmaciens intéressés vous conseilleront d'y joindre du papier, une plume et de l'encre;

mais ce sont là de ces remèdes violents qui laissent toujours des traces. Bornez-vous à saupoudrer le tout d'attention. J'espère qu'avec ce régime vous obtiendrez un prompt dégagement. — Mais quel saissement subit a produit ce monstrueux resserrement de l'élaboration?

— Hé! docteur, une cause bien légère puisqu'elle serait à l'aise dans mes deux mains. J'ai vu Maria...

— Aye!... dit-il en poussant un cri. Ah! jeune homme! Ah! infortuné jeune homme! vous êtes amoureux, que je vous plains! Les femmes, Dieu, les femmes! combien je les hais! Elles sont cause que je suis resté garçon. Oui, monsieur, sans les femmes je serais marié sans doute... Je les hais, je les hais! toutes, oui, toutes!

Le docteur était à la fois savant et grave. Ce désordre m'étonna beaucoup. Je lui demandai avec intérêt ce qu'il avait?

Quand il fut un peu calmé:

— Je puis vous confier cela. Vous êtes dans une position à peu près semblable, vous compatirez. — Elle se nommait aussi Maria, elle avait vingt ans alors, il y en a quarante; c'est un siècle pour ma vie, hier pour mon cœur, où jamais plus adorée image ne s'est retracée depuis. Je l'aimais éperdument : le frôlement de sa robe, le son de sa voix me faisaient mourir. C'était une agonie de chaque heure à user un homme d'émotion en un mois. J'avais obtenu sa main; dans deux jours elle devenait ma femme, et cependant, monsieur, la voix et les mots m'avaient jusqu'alors manqué pour lui peindre mon amour. Ah! que si j'étais femme, je me fierais à cette pénurie de l'expression pour rendre l'abondance du sentiment. Les amants verbeux me font l'effet de l'eau courante qui murmure sans cesse et ne s'arrête jamais. Le temps pressait, il fallait parler. Je m'avisai d'un moyen pour monter ma timidité au diapazon convenable, et je pris en cachette quelques pincées de tabac en poudre. Puis, en ayant effacé jusqu'aux moindres traces, je me rendis chez elle en toute hâte, plein de résolution. Je me jetai à ses pieds, et couvris d'un seul, mais d'un long, d'un éloquent baiser la plus belle main du monde, une main qui n'était comparable qu'à elle-même en blancheur, en mignardise, en douceur. J'étais si heureux, monsieur, que je souffrais presque de l'excès de ma félicité. Tout-à-coup, elle retire sa main, recule et s'écrie :

— Vous prisez, monsieur, vous prisez!

— Maria, n'ayez pas peur de moi..., balbutiai-je sans l'entendre. Je suis un homme d'honneur; je sais allier le plus pur respect au plus fervent amour.

— Oh! dit-elle en me tendant le dos de sa main sous le nez, l'hypocrite, le perfide! il prise et il ose dire qu'il m'aime!

« Monsieur, sur cette main il y avait une tache, un crime imperceptible à tout œil humain, à Dieu même peut-être, que je n'aperçus point, tant mon trouble était grand; mais que je devinai plus tard, mais qu'elle avait vu, elle! — Ce forfait, cette infamie, cette monstruosité révoltante, c'était — un grain de tabac!

« Je fus chassé : il me fallut renoncer à mon mariage. Je remplaçai Maria par une bonne tabatière. Je doute fort que, si je les eusse conservées toutes deux, la femme eût maintenu sa supériorité, et cette constante égalité d'humeur, de complaisance persévérante, de puissance inspiratrice dont ma boîte ne cesse de me donner des preuves. Elle avait causé le mal, elle fait de son mieux pour m'en consoler et elle m'apprend à faire fort peu de cas de l'attachement de ces dames, lesquelles, dans la balance de leurs antipathies et de leurs affections, nous trouvent plus légers qu'une pincée de Virginie. »

Sur ces mots, je saluai le docteur, qui me répéta sa formule en ajoutant : *hoc fac et vives.* Et je le laissai un peu plus soucieux qu'à mon arrivée.

CHAPITRE III.

QUI EST LE SECOND DE L'INTRODUCTION.

—

— Il me semble, dis-je en descendant, que le docteur exagère un peu le caractère versatile du beau sexe : je ne parierais pas que son système médical n'ait le même défaut. Deux avis valent mieux qu'un, et le docteur B*** ne jouit pas d'une moindre réputation que son confrère A***. J'irai le consulter aussi.

Et j'y allai du même pas.

Aux trois coups discrets que je frappai à la porte :

— Doucement! me cria le docteur; doucement! s'il vous plaît!

Et, me livrant à peine l'espace pour pénétrer, il referma avec une vivacité telle qu'il écrasa mon chapeau.

— Pardon, monsieur, mille pardons; mais qu'est-ce que la perte d'un chapeau auprès de celle qu'un souffle d'air aurait pu causer à la science? La science, monsieur, ce flambeau auquel tout être doué d'intelligence doit passer ses jours à ravir la lumière...

— Pour s'y brûler, murmurai-je en refoulant ma mauvaise humeur et les bosses de mon chapeau, — jusqu'à s'endurcir à tout le reste.

— Ah! monsieur, poursuivit le docteur qui ne trouvait pas de plus consolante excuse, quel magnifique édifice! quelle architecture splendide et hardie! quelle prodigieuse hauteur!

— Ce qui explique, continuai-je dans un nouvel *a-parte*, pourquoi il s'y trouve quelques girouettes.

Cette autre boutade sortie et la dernière bosse rentrée, je me sentis plus calme et j'écoutai docilement, comme il convient dans le cabinet d'un savant réputé.

— Trois fois heureux qui apporte sa part à la construction ; ne fût-ce qu'une pierre, ne fût-ce que l'une des molécules qui composent cette pierre ! Eh bien ! monsieur, cette molécule la voici sur cette feuille de papier... Un insecte précieux, coléoptère dont l'existence est connue de Dieu seul et de moi ; — famille brachélytre, tribu pœdéride, genre lithocaris... Voyez plutôt ces palpes maxillaires médiocrement allongées, — ce pénultième article turbiné, le dernier... indistinct ; — examinez ce prothorax ferrugineux ; voyez cette tête énorme, cet écusson triangulaire et ridé... Observez, monsieur, tenez, prenez ma loupe ; car aussi bien c'est un des êtres les plus petits de la création et qui ne compte guère qu'un quart de ligne.

Je fixai le papier de toute l'énergie de mon attention, et finis par apercevoir un petit point noir, semblable à ceux qui tremblotent devant la vue quand on la fatigue sur le même objet; après quoi mes yeux s'emplirent de larmes et je ne vis plus rien.

— Mon nom est lié à cet insecte pour la succession des siècles, monsieur; l'éternelle sollicitude de la nature m'en est garant. Il est à moi, à moi : c'est moi qui l'ai tiré de son obscurité pour qu'il fît ma gloire. Et cependant, le croiriez-vous? on me le conteste! On m'a dit ponctué, j'ai répliqué troué. Regardez, c'est évident...

— Je ne distingue plus, docteur.

Il se fourra la loupe dans l'orbite de l'œil et l'œil dans la loupe : après une minute d'examen, il reprit :

— Troué! troué!... Les ingrats! Deux mois

entiers de travail assidu n'ont pu les convaincre ni les toucher ; sans compter cette jambe...

Je remarquai alors que le docteur ne s'appuyait qu'avec précaution sur la jambe droite.

— Quoi! dis-je...

— Oui, dit le docteur avec la résignation d'un général blessé dans un jour de victoire, j'ai perdu une jambe pour acquérir à la science ce coléoptère. J'espère que maintenant on n'hésitera plus à me donner la croix, qu'on m'a fait tant attendre et que beaucoup d'autres...

— Qui ne se sont pas foulé le pied, ont obtenue, interrompis-je.

— Précisément, dit-il.

Il me raconta alors comment il s'était cassé la jambe en soulevant la pierre qui couvrait l'insecte ; et il ajouta :

— C'est en souvenir de cette blessure que tu porteras dans tous les traités le nom de *lithocaris-picrocatagnunastène*, créature dont je suis l'inventeur !

Sur ce, reprenant sa loupe, il s'enfonça dans observations et m'eut bientôt oublié com-`tement. Ce silence m'embarrassa. Je tournai on chapeau, je fis craquer ma chaise, je frot-i les pieds sur le parquet.

— Silence, *Médor!* dit le docteur.

Pour éviter une pareille méprise, je me don-i un accès de toux.

— On y va!

— Hum! hum!

— Entrez... doucement! doucement! — Ah! est encore vous, monsieur?

— Oui, docteur; je ne vous ai pas instruit du otif de ma visite.

— Parlez, monsieur, dit-il en se mettant de avers sur son fauteuil, en partie de mon côté, ais sans perdre de vue l'intéressant *lithocaris-'crocatagnunastène.*

— Depuis quinze jours, docteur, je suis ro-iancier et amoureux...

— Deux maladies de jeunesse; chaque âge a ses infirmités.

— Or, mes facultés morales sont en souffrance. Que faire?

— Rien.

— Rien?

— Oui, ne travaillez pas. Vous aurez abusé. Le cas n'est pas rare.

— Voilà pour le premier point, mais pour le second?

— Aimez.

— Mais, dis-je, mon amour est une folie?

— Changez d'objet.

— Le conseil peut être bon en lui-même. Pourtant, je préfèrerais, par crainte de nouvelle erreur, un peu de repos; d'autant plus qu'on n'est jamais fort tenté de toucher la lumière où l'on vient de se brûler les doigts. Et puis, j'ai un préjugé. Se mettre en quête d'une passion, ne m'a jamais beaucoup plu. Quel désir, à moins d'être en plein illuminisme d'adolescence, peut-on avoir d'une femme inconnue? Je subis l'amour, mais je ne l'appelle pas. La tactique qui consiste à harceler une armée de beautés n'est pas mon fait. Cette guerre de tirailleurs, où l'on est mitraillé, vous laisse manchot, bancal ou cul-de-jatte. Ces blessures ont du ridicule et se reçoivent quelquefois en fuyant : entouré d'embûches dans une marche incertaine, j'hésite. Mais que l'ennemi démasque tout-à-coup ses batteries devant moi, à la bonne heure! Les grandes mêlées ont cela d'avantageux, qu'elles exercent toutes les facultés et sont suivies d'une certaine chaleur, même après la défaite.

Le docteur haussa les épaules, sans néanmoins cesser de regarder son coléoptère.

— Monsieur, les femmes sont tout dans ce monde. Nous leur devons en grande partie notre esprit, notre jugement, notre caractère, notre amour-propre, et, partant, notre savoir et notre réputation. Sans elles point de mobile et point de but. Notre existence est étroitement liée à leur cœur, qui est le grand centre de vitalité dans l'harmonie sociale. Elles ont droit à notre protection, à notre attachement, à nos hommages, car elles sont bonnes, faibles et dévouées. Nous relevons d'elles par le devoir, par la nécessité, et nous ne leur commandons que pour les rendre plus dignes d'être obéies. L'amour est de droit divin et humain ; le cœur et le corps l'exigent. Je ne vous reconnais pas cette prérogative vraiment exorbitante de vous y dérober. Aimez ! c'est une des lois impérieuses de la nature, ces lois palpables que la médecine connaît. Se rebeller contre elles est un acte impie, monsieur !

Le docteur, entraîné par le charme du sujet, s'était tout-à-fait tourné vers moi, et je crois qu'il négligeait le fameux *lithocaris-picrocatagnunastène.*

J'eus envie d'approfondir le système.

— Ainsi, docteur, vous m'ordonnez d'aimer ?

— Sans aucun doute. Je m'en suis toujours bien trouvé.

— La constance est-elle de rigueur?

— C'est une question.

— Dispensé de la constance, l'est-on de la fidélité?

— J'ai fait vingt ans les hôpitaux : je n'ai rien découvert d'obligatoire, jusqu'à l'excès exclusivement.

— Mais peut-on être infidèle en faveur de la femme d'autrui?

— L'anatomie est également muette sur ce point : ce qui est une présomption pour l'affirmative.

— Ainsi, repris-je, la loi de la matière organisée, c'est de prendre le remède où on le trouve?

— Sans doute.

— Et le mien, c'est d'aimer?

— Je vous l'ai dit.

— D'où je conclus que, pour moi, vous érigez le beau sexe en pharmacie et chaque femme en bocal?

— Oui, à moins que vous ne préfériez une

application de sangsues. — Faites, et vous vivrez.

A ces mots, il se pencha sur la table et se colla la figure sur le papier, de manière à me faire comprendre qu'il me congédiait ; et je sortis.

CHAPITRE IV.

CONCLUSION DE L'INTRODUCTION.

Hoc fac et vives... Faites et vous vivrez, me disais-je en me promenant dans le jardin du Luxembourg. La matière, voilà le principe ; la vie, c'est la conséquence. Ils sont parfaitement d'accord, quoiqu'ils diffèrent absolument. Il ne leur reste plus qu'à s'entendre. Passons-les au filtre de l'eclectisme, et nous aurons le système dans sa pureté.

La consultation se réduit à ceci :

— Travailler et ne rien faire, haïr et aimer les femmes.

— Ceci me paraît inconciliable, dit Stéphane, qui m'avait entendu ruminer les deux antithèses à demi-voix; et à quel propos?

— A propos d'une somnolence qui m'affecte d'un sommeil de plomb. J'ai eu recours à deux docteurs révérés, A*** et B***. L'un m'a dit : travaillez sans relâche, fuyez l'amour; et l'autre : ne faites absolument rien, si ce n'est l'amour; tous deux partant du matérialisme. Je suis fermement convaincu qu'ils ont raison, et j'essayais de me l'expliquer.

— Je t'en défie! répliqua en riant Stéphane, qui ne fait pas grand cas des esprits systématiques.

— Tu crois donc que je suis entre le médecin *Tant pis* et son confrère *Tant mieux?*

— Ce type n'existe guère aujourd'hui, répondit-il. Nous avons un fond commun sur lequel nous nous serrons la main. Les querelles d'écoles sent dégénérées en personnalités. Mais, plus que jamais, chaque science a son vice qui s'affermit avec le progrès; c'est l'engouement. Il est rare, qu'après de longues études, un savant ne perde quelques-unes des croyances qui affermissent l'équilibre général. La méditation sur un sujet unique restreint l'étendue de l'horizon, absorbe certaines facultés sans exercice; il est certaines parties qui sont sans vigueur et se révèlent gauchement au besoin. Ce sera le cancer éternel de la science. Le médecin sera toujours matérialiste par un côté, l'homme de loi paradoxal, le politique peu scrupuleux; il n'y aura d'exception qu'en faveur d'un petit nombre d'hommes d'une rare raison, pour lesquels le centre de l'humanité, le cœur, demeurera à la fois le principe et le but.

— Et le génie ? m'écriai-je.

— Le génie, dit-il froidement, je l'admire ; mais...

— Mais... point de mais !

— Mais, continua-t-il du même ton, je lui préfère l'honnête homme. J'aime mieux Cincinnatus qu'Alcibiade. Médecin, j'appartiens à la faculté par les maximes de mon art ; pour le reste, je fais mes réserves, et jamais la morale du bon sens ne souffrira par moi d'un préjugé de métier. J'aime le mien, mais j'y renoncerais s'il dominait à ce point mon esprit.

— Tu n'es donc pas matérialiste, docteur, et tu contredis...

— Je ne contredis rien. J'ai cherché dans la science ses bienfaits et non ses fanatismes. Je suis né pour être homme et je tiens à ma vocation ; je n'échangerais pas ce titre contre celui de médecin, ce serait un marché de sot. Le matérialisme est, à mes yeux, une absurdité, une cause de désorganisation. Quand on y croit, c'est peut-être une lâcheté que d'hésiter devant un crime pour satisfaire le moindre caprice. On n'a ni amour ni haine, on a des besoins. Nos frères seront des esclaves, nos sœurs des nappes pour couvrir les tables de l'orgie. Il faudra punir de mort le père et la mère qui ne nous ont pas étouffés à notre naissance; car le matérialisme contient l'esprit de destruction sans laquelle il ne pourrait se perpétuer. La matière se régénère par la mort; l'âme, au contraire, se nourrit d'immortalité.

— Apostat! lui dis-je; tu n'es ni de ton temps ni de ton métier; tu portes une main sacrilége sur ton idole; ne trembles-tu pas qu'elle ne te renverse?

— Non, car les idoles doivent rendre hommage à la divinité, qui est la morale. Toutes les connaissances vers lesquelles se tournent nos efforts doivent tendre à cette fin.

— De quelle partie de la morale parles-tu?

— J'entends celle qui constitue la société,

c'est-à-dire qui réside principalement dans le désir de lui être utile et dans la crainte de lui nuire. D'après ces idées, je noterai d'infamie le désœuvré misérable qui corrompt la vierge ou l'épouse. Quant à l'oisif étourdi qui relève jusqu'à lui la femme tombée et qui, bientôt, se laisse entraîner par elle, c'est un compte à régler entre Dieu et lui. Là, commence la discipline évangélique; là, le monde n'est point blessé et n'a rien à punir. A défaut de religion, l'amitié seule a droit d'intervenir. La société, à mon sens, ne veille qu'à la conservation des lois prédestinées à la régir et communes à toute l'humanité; mais il est nécessaire qu'elle soit vigilante et ferme, méticuleuse même; et qu'elle prévienne dans des actes en apparence indifférents la gravité des suites.

— Stéphane, ta manière de voir te vaudra bien des amertumes. Tu confisques ton avenir à tes convictions, tu as tort. Cela ne se fait plus ainsi. Considère donc quel avocat sans causes tu serais, si, étudiant les lois, tu venais à t'écrier en plein parquet : « — Messieurs, ma conscience me force à vous dire que la procédure est un dédale dont l'avoué est le minotaure...— » On ne fait pas son chemin avec ces idées-là. Tu es d'un commerce dangereux.

Il me pressa les doigts en souriant et ajouta :

— Tu dors trop? prends du café. — Tu ne dors pas ? bois de l'eau et donne-toi de l'exercice. Mon ami, ce régime est d'une efficacité aussi sûre que si elle était prouvée par A*** plus B***.

— J'exécuterai l'ordonnance, répondis-je. Et nous nous quittâmes. J'allai prendre une tasse entière de café.

Voilà comment il se fait que je ne dors pas et que j'écris.

✿

CHAPITRE V.

!

Le bon lit! le lit délicieux! comme il se creuse et rebondit! Admirable invention brevetée par le sommeil, perfectionnée par l'hymen, embellie par l'amour; sanctuaire des songes, tabernacle des rêveries, charmante région du mystère; repos du corps, délassement de l'esprit; ami, conseiller, consolateur de l'homme, ô lit! ô alcôve! Ta pyramide de rideaux est plus précieuse mille fois que les monuments vantés de l'Egypte, charmante oasis de la vie ! Je viderais en points d'admiration la case du prote avant d'épuiser l'expression de ma reconnaissance pour tes innombrables bienfaits. O mon bon lit ! ô mon lit délicieux ! ô ma blanche alcôve, étincelante comme la neige, embaumée encore des herbes aromatiques de mon pays natal, toi pure et irréprochable même aux yeux de ma mère, — que les plus gracieux des fils invisibles de la nuit te visitent et te protégent, ô mon bon lit ! ô mon lit délicieux ! ô ma blanche alcôve !

❀

CHAPITRE VI.

BACCHANALE.

Cette liqueur me fouette le sang et me court sur les nerfs. J'ai des éclairs et des tonnerres lointains dans l'imagination. Un orage que je veux détourner se prépare. La majesté des tempêtes ne sied point aux ciels-de-lit. Sous l'influence d'astres bienfaisants, Vénus est le centre de ce monde tranquille, autour duquel gravite un univers de rêves. Que sa clarté mystérieuse éloigne du Zénith la triple Hécate et n'y permette que des feux favorables! Que sous ses regards seuls arrivent les convulsions et les bouleversements!

Mais quoi! ce bien-être m'est défendu. Une autre influence s'est emparée de mes sens. En vain j'appelle quelque auxiliaire pour la combattre. Ah! si j'avais du moins un piano, là-bas, dans cet angle le plus sombre de la chambre, et, devant ce piano, quelque artiste ivre de son art, dont les mains sèment l'air de mélodieuses fantaisies, — vous, par exemple, Buffin; — quel délicieux moment! S'enfoncer sous la couverture, s'élever sur l'oreiller, fermer les yeux, sentir la pensée se détendre et s'amollir, tandis que le silence écoute, et que l'écho est dans l'attente! Pas une préoccupation, pas un souci, à peine un pressentiment confus, une jouissance anticipée : un calme plat, une eau dormante, une vie de violette sous la rosée dans une atmosphère d'ambroisie! Lui, seul avec son inspiration, frappe. La première note jaillit sous ses doigts. Elle vous fait tressaillir en même temps que le tabernacle où parle le Dieu de l'harmonie. Elle a soulevé, soufflé dans l'air, poussé jusqu'au plafond une myriade de ses sœurs qui se pressent en sursaut, s'élèvent en colonne, montent, retombent, se répandent en tourbillon, et s'entrechoquent en battant de leurs ailes frémissantes le verre des pendules et des fenêtres; éperdues, cabriolantes, cherchant l'espace, et forcées de resserrer leur essaim évaporé entre quatre murailles, elles se précipitent en tumulte dans les oreilles, comme une phalange d'abeilles battues par le vent s'abrite sous sa ruche. Elles bourdonnent, elles crient, elles murmurent, elles rient, elles pleurent; elles entrent en foule, pêle-mêle, follement, l'une sur l'autre, confondues, indistinctes, telles que le grésillement d'une ondée de grêle sur des cloches de cristal. Mais la confusion s'apaise bientôt : l'ordre commence. Elles se calment et s'organisent. Leurs mille petites voix se modulent, s'unissent, se soutiennent et se plient aux caprices du maître. Leur doigté délicat frappe les fibres du cerveau, et le crâne frémit doucement. Elles filtrent d'un jet subtil dans les veines, injectent le sang, s'abandonnent à son cours, descendent dans l'intimité de l'être, s'immiscent aux organes de la vie, et leur saveur coule dans tous les membres. Quelques-unes cependant glissent sur la peau comme un frisson de plaisir; d'autres jettent en passant un nuage sur les yeux, ou les allument d'un feu inaccoutumé, ou même se suspendent aux cils des paupières et les rapprochent à demi. Enfin, et ce sont les plus vives, il en est qui s'attaquent aux jambes, les inondent en un instant de leurs légions frétillantes, s'attachent à la cheville, grimpent au jarret, tiraillent et secouent les muscles; puis, à force d'opiniâtreté, elles si légères qu'elles sont le jouet des vents, s'emparant de nous des pieds à la tête, elles déchirent tout voile de gravité, et, nous entraînant à droite et à gauche sur le parquet, elles nous harcèleraient jusqu'à l'entier épuisement de l'activité humaine, si la volonté qui les guide ne s'arrêtait. La dernière s'élance alors du clavecin qui palpite et vagit encore. L'harmonie de leurs chants, le chatouillement de leur vol sur l'oreille, languissent soudain. Ainsi les gerbes d'étincelles dans les feux d'artifice diminuent d'éclat, s'éteignent et se perdent rapidement. Alors une lassitude paisible, dans laquelle se fondent les sensations, leur succède ; et l'âme, épuisée de turbulence, coule dans une fluidité pure de trouble et de secousse. Quel enchantement !

CHAPITRE VII.

UN NOUVEAU MINISTRE.

Mais, privé de la musique, cette berceuse de l'insomnie, n'ai-je pas sans cesse à la portée du désir le clavier de l'imagination, dont les touches, ébranlées par le caprice, sympathisent avec la mélancolie ou la gaîté ? Grâce à la nature, lorsque, dans une veille agitée, on repose sur ses vingt ans et un bon lit, on peut se retourner ici-bas comme on veut. Comme on veut! N'est-ce pas le bonheur?

Voyons donc, qu'est-ce que je ferais bien? Oh! mon Dieu, la moindre des choses; je me ferai ministre. Ministre! Pourquoi pas roi? Nenni-da! Quoi! je cousinerais avec les majestés de Russie et d'Autriche; je serrerais dans la mienne leurs mains tachées de sang? Horreur! et quand il ne tient qu'à moi d'être ministre, je me nommerais roi? Quelle exagération de modestie!

Va donc pour le ministère.

Maria! il me semble que déjà je prends du ventre ou m'injecte de bile. J'espère que je suis un parti sortable maintenant. Il n'y en a que neuf comme cela en France, et encore vous pensez que je me suis porté d'emblée à la présidence du conseil. Vous allez adorer ce que vous avez brûlé.

Vous me direz peut-être... Et que me direz-vous? Je triomphe; j'ai voulu être ministre, je le suis, je le déclare tout haut, personne ne me dément. Tant d'autres le voudraient être qui ne le seront jamais; tant d'autres le sont ou le seront qu'on dément ou qu'on démentira! Mais moi, entendez-vous, moi, par la seule puissance de ma volonté, je me suis dit : « Que je sois ministre! » Et je le suis. C'est de la Genèse, c'est du génie cela, madame, s'il en fut jamais: et le silence d'admiration de tout ce qui m'entoure élève énergiquement la voix en ma faveur. Ministre, oui, ministre sans abus d'influence! Vous ne revenez pas de votre étonnement. Cependant, l'*amour fait de plus grands prodiges*. Annoncez, annoncez partout, avec cette habileté que vous auriez employée naguère à vous en disculper, non plus que je suis de vos amis, mais que vous êtes des miens; ce qui est aussi différent que ma position d'hier avec mon rang d'aujourd'hui.

CHAPITRE VIII.

PREMIER ACTE MINISTÉRIEL.

Or, afin que nul, dans ce royaume, ne prétende cause d'ignorance de ma nouvelle dignité, elle va se signaler par un acte d'éclat. Silence, dans la chambre ! on va publier une instruction ministérielle.

« *Nous, ministre, secrétaire d'Etat....*

— C'est bien, huissier, c'est bien ; passez aux articles.

« *Art. unique. — Tous individus qui se font du maraudage une existence habituelle ; tous ceux qui, par des atteintes réitérées, provoquent les maux privés, troublent la paix publique, vivent aux dépens de la constitution, sans autorisation expresse du gouvernement,...* »

— *Sans autorisation expresse du gouvernement*, notez bien !... Poursuivez, huissier.

«.... *Seront, à la diligence de toute partie intéressée, traqués, saisis, pour, sur la seule preuve d'identité, être mis à mort par les membres du corps exécutif.* »

« *Sont rigoureusement interdits toute commutation de peine, lettres de grâce et sursis.* »

« *Les corps des suppliciés seront jetés à la voirie.* »

Voilà au moins ce qui peut s'appeler une loi réclamée par les besoins de la société et dont la taxe sur les chiens n'est qu'un faible corollaire. C'est ainsi qu'on doit descendre dans l'intimité des souffrances, protéger l'humanité, et que Lycurgue, Solon et Turgot se sont acquis à sa reconnaissance de justes titres, quoique moins étendus que les nôtres, toutefois,

——

CHAPITRE IX.

TRIBULATIONS DU MINISTRE.

En savourant de cette façon, dans les délices du lit, les douceurs de sa gloire future, monsieur le ministre, président du conseil, eut occasion d'appliquer son ordonnance. A cinq lignes environ de l'œil gauche et littéralement sous le nez de Son Excellence, un des individus désignés dans l'instruction ci-dessus relatée, cotoyait la bordure de l'oreiller, avec d'autant plus d'audace, que la blancheur du linge mettait en évidence le petit corps de ce noir bohémien. Monseigneur, indigné à bon droit de cette témérité, se promit de la punir, et attendit, pour dresser ses plans d'attaque et de surprise, que l'émotion de la première vue fût un peu apaisée.

Ceux qui ne se sont jamais adonnés aux plaisirs d'une chasse dans les bois de lits ne s'expliqueront peut-être pas l'intérêt saisissant qu'elle offre et cette émotion d'un personnage aussi grave qu'un secrétaire d'Etat. Mais la majorité du beau sexe sera moins incrédule, car les dames se passionnent, en général, à l'excès pour cet exercice; elles s'y livrent avec ardeur, quelques-unes avec des cris, une fougue, un acharnement tels qu'elles y perdent connaissance et que leurs mœurs, ordinairement paisibles et conciliantes, s'y transforment en délire de cruauté, de fureur et de fanatisme; en un mot, on ne cite point de péripéties pareilles dans les chasses au lion. Si l'on songe donc que monsieur le ministre, quoique moins impressionnable, se voyait nargué dans son amour-propre encore tout chaud, on comprendra la sensation qu'il dut ressentir, devant un affront aussi hardi fait à sa haute dignité.

Désœuvré, d'ailleurs, dans son insomnie et s'éprenant, comme tout désœuvré, des plus petits événements, il attacha une grande importance à faire cette capture. Proportion gardée, il serait malséant peut-être, mais non invraisemblable, de le rapprocher, en idée, d'un gouverneur de l'Algérie sur le point de charger, avec toutes ses forces, la smala d'Ab-el-Kader. En conséquence, il leva lentement le bras, épanouit les trois derniers doigts de la main en disposant en bec d'aigle le pouce contre l'index, prit son temps et ,....... Bref, il crut saisir la puce, qui, d'un bond, passa entre ses doigts. Néanmoins, monseigneur, certain de la tenir, roulait, roulait la dentelle de l'oreiller, et, quand il l'eut bien comprimée, fripée, il s'aperçut avec désappointement qu'il n'avait réussi qu'à la trouer et à s'entamer l'épiderme.

S'il se fût trouvé là un peintre de génie, — et ils en ont tous, les poètes aussi, les députés et les pairs de même, ainsi que les notaires, avoués, banquiers, enfin tous les hommes d'affaires, — qui font de bonnes affaires; — s'il se fût trouvé là un peintre de génie, je ne doute pas qu'il n'eût saisi avec enthousiasme cette scène curieuse, pour enrichir l'exposition prochaine d'un tableau qui m'aurait évité de vous la retracer sous la monotone couleur de mon encre. Il eût reproduit l'ébahissement de l'excellence frustrée lorsqu'elle sentit l'insecte rôder sur ses sourcils, la raideur qu'elle s'imposa pour calculer le lieu juste de son refuge et, finalement, le fameux coup de poing dont elle faillit se crever un œil, tandis que le délinquant se jetait dans les rideaux. Les arts ont perdu un chef-d'œuvre.

Une seconde toile aurait montré monsieur le

ministre cachant sous la couverture la confusion de ses joues et donnant, de dépit, sa démission. Le bon peuple, qui aime la chute des grands, aurait ri. Le peuple y perd gros, mais d'autres l'amuseront pour le dédommager.

CHAPITRE X.

DU TROC QUI FUT FAIT D'UNE ROSSE CONTRE UNE PUCE ET DE LA SOMME PAYÉE EN RETOUR.

La puce était à mi-pente des rideaux. A quoi s'occupait-elle là? Riait-elle de son rire d'insecte ou ne daignait-elle même pas se réjouir de ma maladresse ? Je braquai sur elle une excellente lorgnette de théâtre. Elle était fort calme et non plus inquiète que si j'eusse été un soliveau. Elle était rompue à la guerre et ne s'en émouvait pas. Dans le lit, bienheureux ou bien misérable qui met un frein à ses illusions ! En prolongeant mon examen, mes souvenirs me fournirent quelques anecdotes dans lesquelles des puces jouent un rôle.

Ainsi, Maria, cet été, il me prit fantaisie de monter une de ces haridelles dont on paie le loyer le double de leur valeur en propriété, probablement parce qu'elles sont considérées comme des instruments de mortification. C'est de la sorte que je me traînai, tout éclopé, au bois de Fleury, où je vous rencontrai. J'envoyai paître la carcasse osseuse qui m'avait apporté et m'assis à vos côtés, sur l'herbe. Comment vous étiez sur cette herbe, peu m'importe ; toujours est-il qu'il n'y avait entre nous deux que votre *Diamant*, chien universellement admiré sur votre parole, puissante mais unique raison que j'en sache. Pour moi, près d'une jolie femme, tout bois est une forêt de Bondy, au printemps. Nous causâmes une heure et on ne m'étonnerait pas en m'apprenant que je n'eus pas toujours le sens commun. J'étais devant vous comme en face de l'insecte que voici, je posais devant votre coquetterie. J'étais de bonne foi, grande sottise, grand péché; car à la différence du Paradis de Dieu, les simples de cœur n'auront point accès dans le ciel des femmes d'esprit. Je perdais complètement moi, la tête et votre estime. J'étais vrai, j'étais.... tranchons le mot, j'étais ridicule. C'en était fait. Un petit événement me tira de ces filets. Une puce débusqua des soies roussâtres de Diamant et, falote, égrillarde, guillerette, s'élança gaillardement sur votre cou, que je dirais d'ivoire, si l'ivoire faisait deviner la moite chaleur et la souplesse moelleuse que l'œil dénonce à la lèvre, en vous regardant. Un cri expira sur votre bouche frémissante;

vous pâlites; votre main, farouche jusqu'alors, saisit et serra fortement la mienne. — « Elle est donc de chair et d'âme aussi! » pensai-je en me réjouissant peut-être autant pour l'honneur de votre sexe, que vos pareilles nous forment à dédaigner, que par égoïsme. Je n'avais vu que votre pâleur, senti que le serrement de main, entendu que le soupir. Un instant la création s'abîma. Cet instant fut court, Maria! Vos gestes éclairèrent mon erreur, et l'insecte, malgré ses prodigieuses incartades, fut arrêté sur l'extrême frontière de votre robe, sous laquelle, à la faveur des soubresauts qui l'entr'ouvraient, il allait plonger; mystérieux péristyle d'un formidable gouffre, dont le cœur, ce fond de l'humanité, manque, et où l'on ne pénètrerait peut-être, comme dans l'Averne, qu'en cueillant le rameau d'or d'Enée. Votre visage reprit soudain ce rayonnement froid de sérénité qui lui est habituel. Votre main se retira sans hâte, sans lenteur. Je n'avais été pour rien dans votre faiblesse. Vous vous étiez jetée vers moi comme vers votre femme de chambre pour une épingle douloureuse, ou, comme, insultée dans la rue, sous la protection d'un commissaire.

Mes soins, mes paroles, ceux de tant d'autres, vous touchent moins qu'une puce. Le docteur A*** avait raison. Je partis indigné. Mais en prenant la puce, j'avais laissé égarer ma monture. Le troc me coûta quatre cents fr. de retour (1). Il est vrai que je devais beaucoup plus à la première qu'à la seconde : je commençais à vous comprendre.

(1) Juste le prix que j'ai payé pour la publication de mon premier volume de poésies, que vous ne lirez probablement jamais, et moi non plus, grâce à la parfaite honnêteté de mon éditeur. Pauvre éditeur! Triste auteur! Heureux public!

CHAPITRE XI.

DE L'INFLUENCE DE CUJAS SUR LES JEUNES ESPRITS.

Justice à tous. Ces insectes ont leur mérite. Mille exemples sont à citer. Il me paraît qu'on les a mal étudiés, et qu'ils sont du grand nombre des incompris de ce siècle. Je m'en rapporte à Charles qui dort de l'autre côté de cette cloison, d'un sommeil aussi calme que celui de l'innocence, et qui va nous raconter une anecdote à l'appui de mon opinion. Dans les affaires scabreuses, il est prudent de n'assumer la responsabilité que sous des formes authentiques.

— Ohé ! Charles... dors-tu ? si tu dors, dis-le moi, mon ami, afin que je m'explique comment tu n'entends pas le Cujas in-4° avec lequel je bats la cloison... Charles... hé ! Charles ?...

— Hohaho !... est-ce qu'il est jour ?

— Dors-tu ?

— Dormir avec ce vacarme! Tu vas renverser la cloison, hé !

— Ce n'est pas moi, c'est Cujas.

— Finis donc : tu me romps la tête avec Cujas.

— C'est l'effet qu'il produit sur tout le monde.

— Le lourdaud ! il se venge de m'avoir tant de fois endormi... Hohaho !

— Est-ce que tu es bien éveillé maintenant ?

— Il paraît que non, car je n'y vois goutte. Heu !... qu'il fait bon s'étendre... Tu as frappé trop tôt, mon cher..... Décidément, plus j'ouvre les yeux, moins j'aperçois le jour... Il n'est pas cinq heures... La douce chose que le sommeil !

— Cinq heures ! qu'est-ce que tu dis, cinq

heures! bien plus tard que celà... onze heures et demie, mon cher!

— Triple original! je suis volé !!. bonsoir.,. Son lit craque; il s'entortille dans ses draps.

— Ohé! Charles!... est-ce que tu te rendors, Charles? J'ai besoin de toi. Deux mots seulement... Ton histoire avec la marquise. Tu la raconteras vite. Allons, mon bon, allons... Tu veux donc que je déhanche Cujas? Charles, tu n'es pas raisonnable, mon garçon; c'est une vieille édition, en veau...

— En bélier, bourreau! Finiras-tu? La cloison tombe.

— Commence, je finis.

— Que je commence quoi?

— Ton histoire de la puce.

— Ah! ça, rèves-tu?

— Cujas va répondre pour moi.

— Cujas! Cujas! je dois avoir le cauchemar!

— J'attends.

— A-t-on jamais ouï parler de réveiller quelqu'un à onze heures et demie de la nuit pour lui soutirer une histoire!... Mais tu me laisseras rendormir après?

— J'en jure sur et par Cujas.

— Au diable Cujas! De quelle longueur ce récit? D'un cigare ou d'une cigarette?

— D'une cigarette...

— Allume-moi donc celle-ci; mes allumettes sont trop loin.

Il introduit la cigarette par un trou de la cloison; je l'allume et la lui rends. Suit un silence nécessaire pour s'assurer, par deux ou trois aspirations, que le tabac est bien enflammé.

— Je fis connaissance au bal de l'Opéra...

— Fi! mon cher, tu débutes comme un caporal.

— Ecoute donc, on ne sort pas des bras du sommeil comme M. Sauzet des bras de son fauteuil.

— Je te préviens, Charles, que je sténographie tes paroles.

— Fichtre ! *verba volant, scripta manent !*

— Et qu'elles seront imprimées, publiées, distribuées...

— Attention donc ! — Un jour que j'étais au bal de l'Opéra...

— *Un jour, au bal de l'Opéra* ! Je signerai de ton nom, mon cher.

— Pas de mauvaise farce, hé !...

— Allons, raconte convenablement.

— Vrai-Dieu ! mon cher, si mon nom se lit sur le couvercle de n'importe quelle casserole contenant un brouet à l'encre de ta façon, je te cite en diffamation et j'obtiens cinquante mille francs de dommages-intérêts ! — Je rencontrai au bal de l'Opéra...

— Eh ! mon bon, tu remontes trop haut... L'épisode de la puce seulement.

— Ventre-Saint-Gris ! quel opiniâtre interrupteur tu es ! Je ne souffle plus mot.

— A moi, Cujas ! Cujas, à la rescousse ! Montjoie et Saint-Denis ! je reprends Cujas...

— Pasques-Dieu! Et moi mon récit alors.
— Aie soin de tracer trois ou quatre lignes de points, afin de faire comprendre au lecteur que je commence par le commencement de la fin.

CHAPITRE XII.

OU IL EST QUESTION D'UNE PUCE, D'UNE FEMME, D'UN AMANT ET D'UN POËTE.

. . . .
. . . .
. . . .

« Ses rigueurs me désolaient. Six mois de

peines, d'anxiétés, de revers, j'étais abattu, je m'atrophiais. Mon carquois était vide d'arguments aîlés, d'œillades rapides, de mots acérés. Mon esprit était devenu flasque comme la corde d'un arc d'acier rongé par la rouille; je n'étais plus que l'écorce de moi-même. Debout derrière elle, je gardais un profond silence. Elle se prit à songer. Sa distraction fut longue, et elle songeait encore que je la vis changer de couleur, frissonner, s'agiter, porter la main à son sein, s'éventer, ôter une agrafe pour respirer, perdre contenance, et puis repousser brusquement le fauteuil en se levant tout droit et criant : « O ciel ! O ciel ! » — Et se tâter les épaules avec égarement.—« Il y a là-dessous un mystère, un étrange mystère ! » — pensais-je en m'approchant d'elle et cherchant dans son trouble l'ombre du secret probable. — « O ciel ! O ciel ! » répétait-elle. » — Qu'avez-vous? parlez, lui dis-je. Je suis prêt à mourir pour vous arracher un sourire. — « J'ai, monsieur... j'ai... » — balbutia-t-elle. Qu'avait-elle donc, grand Dieu ! Un ulcère, une jambe de bois, un remords ou une crampe ?

Non.

Elle avait une puce.

Mais une puce unique, une puce folle de son corps, une puce possédée du diable, une puce terrible, une puce infatigable, à bonds précipités, à sauts continuels, à droite, à gauche, en haut, en avant, en arrière ; faisant la gambade, le faux écart, sans repos, sans trève, étourdiment, toujours ici, toujours là et jamais nulle part, et fine comme un grain de poussière passé au tamis. Saisissez-moi, pulvérisez donc cela ! Vous fixeriez plutôt sous vos doigts un rayon de soleil ou l'eau limpide. C'était un travail d'Hercule. Mon adresse et ma patience y échouèrent. Rosine s'évanouit sur la causeuse.

Il fallait la sauver pourtant ! Je devinais que la dernière chance de salut se présentait ; qu'il fallait trouver l'insecte effrayant ou perdre ma maîtresse, ma vie. La puce ou moi mourir. A nous deux !

Je me prosternai un moment et j'adorai Rosine. Je me relevai plus maître de moi-même, plus clairvoyant, plus résolu. Sa belle tête était roulée de profil ; ses boucles de cheveux pendillaient sur ses joues et découvraient sa nuque blanche, noire et frisée ; sa robe la dessinait en formant quelques plis gracieux ; ses bras potelés rebondissaient dans ses manches étroites ; sur son genou rond, ses ongles roses ployaient à peine et, entre ses deux épaules, s'ébauchait l'extrémité de ce sillon que la bouche comblerait de la profusion de ses caresses. La puce était là.

Elle monta lentement, nonchalamment vers l'épaule, pareille à une éclaboussure d'encre sur une feuille de rose ; elle arriva ainsi à la naissance du cou ; c'était où je l'attendais; ses folichonneries avaient cessé. Elle ne se défiait plus de moi.

Voici comment je m'y pris.

Je fis d'une carte à jouer un cornet et je le plaçai devant la puce en le poussant, lentement aussi, à sa rencontre. Elle approcha; je mesurai de l'œil la distance et renversai le cône sur elle, puis en cassai les coins et le fermai. L'ennemie était cernée, j'avais vaincu. Je m'agenouillai aux pieds de la marquise et ma conquête frappa sa vue dont les ténèbres se retiraient. Elle sourit et pencha l'oreille vers le cornet contre les parois duquel la puce se ruait, se cognait, se démenait. Elle rit alors, me tendit la main et me l'abandonna. Elle m'aimait. Quoi de plus, si j'avais rompu six lances dans un tournoi?...

Mais la puce fut brûlée vive, le pauvre insecte!

— Est-ce tout?

— Hélas! non... c'est le beau; voici le laid... Mon bon, dispense moi du reste. Le reste est... cruel.

— Cujas! Alerte!

— Au nom du ciel, modère-toi! je continue. Mon bon ami, je serais heureux d'avoir une formule de transition, qui te préparât à la suite, mais, je n'en ai pas. Il est bien triste pour un narrateur, quelque philosophe qu'il soit, de soulever la doublure usée d'un riche manteau qu'on étale avec tant de joie et d'orgueil. Puisque Cujas s'en mêle, je m'exécuterai, mais rapidement, car on ne savoure pas le vinaigre. Ecoute.

Trois mois après l'hécatombe de la puce, j'étais devenu... Ah ! mon Dieu !

— Eh bien ! Quoi donc? Tu étais devenu?...

— Fat, fanfaron, matamore, despote, tyran, une véritable cible aux soufflets.

— Vraiment !

— J'avais confiné Rosine ; je lui parlais des sourcils, je lui répondais du talon ; j'avais l'air d'un magnétiseur qui place son *sujet* sur la sellette. Seulement, le *sujet* n'obéissait pas et m'adressait des observations que la longueur de mes moustaches, la hauteur du col de ma chemise et la rosette de ma cravate ne me permettaient pas de recueillir. Je me suis demandé bien souvent, depuis, comment il ne s'est pas rencontré un homme chargé de débarrasser la voie publique, qui l'ait délivrée d'un embarras tel que moi. Ah ! Rosine.. Vous aviez bien raison de vous venger !

Un soir je me croisai à sa porte avec un jeune blond qui la quittait. — « Quel est ce monsieur, madame ? » — demandai-je, en époussetant mes bottes du fouet de ma cravache. — « C'est un poète, monsieur, un poète d'avenir. » — « Je croyais vous avoir dit, ma belle, que la société de ces gens me déplaisait. » — « Monsieur, répondit-elle, il ne s'agit que de quelques vers sur cet album, qu'il me rapportait. »

Elle m'avança l'album. Je le feuilletai en bâillant. Mais je lus avec moins d'indifférence les cinq couplets suivants, rimés sur un air qu'il m'est impossible désormais de ne pas chanter faux !

LA PUCE ET L'AMANT.

1.

Sur les épaules d'une belle,
Dame puce, un jour, s'ébattait,
Et la folichonne insultait
Au soupirant de la cruelle...

— « Hélas ! disait-il, à part soi :
Que ne suis-je puce aussi, moi ! » —

2.

— « Vois, dit l'insecte, de ta dame
Je parcours les charmes secrets,
Et, sous mes baisers indiscrets,
Souvent l'inhumaine se pâme...

— « Grand Jupiter ! fit l'amoureux,
Où vas-tu chercher les heureux ? » —

3.

— « Si tu voyais les douces choses,
Les trésors d'amour que je sais!
Blancheur de lis et noir de jais,
Mêlés au vermillon des roses...

— « Grands Dieux! se dit l'amant confus,
Que voilà donc de bien perdus!» —

— Dis donc, Charles? celà va-t-il encore *crescendo*?

— Non.

— Tant mieux.

— Pourquoi? ah! oui, la sténographie, l'impression, la publication, etc.

4.

— « Tout son beau corps est mon empire...»
Ici, captive sous ses doigts,
Dame puce perdit la voix
Et la belle daigna sourire.

— «Puce, apprends qu'il faut au bonheur
Peu d'orgueil et beaucoup de cœur.» —

« J'étais au bas de la page : je regardai Rosine.

— Ces vers sont mauvais, dis-je en mettant ma cravache sous le bras ; mais ils sont *bons*.

— Un peu *délicats*, dit-elle. Est-ce tout ?

Je tournai le feuillet. En haut, de l'autre côté, était écrit en gothique : Morale, et au-dessous, ce dernier couplet que je terminai d'une voix inintelligible :

5.

Dès lors, Églé fut moins cruelle...
Mais lui, trop vain de son amour,
Devint fanfaron à son tour,
Et reçut congé de la belle...

— Ah ! fis-je.

— Je m'y attendais, dit Rosine qui exerçait

avec distraction l'élastique spirale d'une *Anglaise*; la conclusion vient d'elle-même.

J'achevai en me mordant les lèvres :

Songeant à la puce, il s'en fut :
A tout bon entendeur, salut !

— Et vous avez permis ces bouts-rimés sur votre album ?

— Mon Dieu ! mon ami, dit-elle, je pensais qu'on aurait un peu gazé...

— Très-bien, Madame.

— J'imagine que vous ne vous fâchez pas pour cela ?... Vous partez donc?

Elle se mordait les lèvres aussi, elle; mais pour étouffer un éclat de rire. Je saluai et m'en fus.

— Ce pauvre Charles !... Il s'en fut !

— Il s'en fut... Allah ! c'était écrit !... Ces odieux prosateurs en rimes ! J'ai les poètes en horreur !...

Et le tabac de Régie ! »

CHAPITRE XIII.

RÉHABILITATION.

A ces mots, Charles plonge impétueusement dans son lit. Quelques minutes s'écoulent. Je le crois endormi, quand il s'écrie :

— C'est singulier tout de même,

— Singulier... quoi ?

— Que le créateur ait pensé à inventer les puces.

— Fou !

— D'abord on se dit : à quoi bon ? Mais qu'on

médite un peu sur la destinée de ces insectes, marmots de la création, si amusants dans leurs habitudes, le dessein mystérieux perce bientôt. Le Créateur a placé l'aigle dans les airs, le poisson dans l'eau, l'éléphant dans les solitudes, le lion dans les forêts, afin que tout s'emplit de sa puissance ; mais il a lâché la puce vigilante dans nos alcôves pour qu'elle stimulât notre apathie ; pour être à la fois un exemple et un aiguillon, et pour humilier la présomption de notre force que déjoue la subtilité d'un tout petit insecte.

— Est-ce que ça te prend ces accès de philosophie ?

— Chaque fois que je parle de Rosine... Et tu avoueras, mon cher, que ces insectes tant calomniés ont leur utilité pratique. Les petites-maîtresses, qui ne se lèvent qu'au grand jour, quel passe-temps auraient-elles eu dans le lit, lorsque n'existaient ni Sand, ni Balzac, ni Dumas, ni personne qui fût à la place de leurs romans ? et que devenir sous les rideaux, sans mouvement, sans migraine, sans le plus frivole motif de jeter un soupir ou un cri d'oiseau? L'imagination ferait un beau remue-ménage! C'est un bouquet dérobé, une main effleurée, une voix tremblante qui murmure encore dans ce coquillage au labyrinthe vibrant qu'on appelle l'oreille d'une femme; c'est l'éclair d'un regard brisé dans le cœur, ce sont mille images, mille prestiges, mille fantômes, qui font courir le frisson dans cette organisation mobile comme le glaïeul sous le vent. Le sang monte, monte; le sein se gonfle, la tête s'incline, les yeux se mouillent; ployée sur elle-même, elle sillonne son corps vierge ou chaste d'une larme qui l'initie à sa beauté. Elle aime, elle souffre, elle est seule, elle s'abandonne, elle... Pères ou maris, rassurez-vous! Où vous n'êtes pas, la puce est; gardienne de l'innocence, elle a, en se jouant, dissipé une légion de voluptés. Les puces incorruptibles détrônent les duègnes et les camarera-mayor!

— Encore deux métiers gâtés.

— L'homme lui-même, dans les crises du malheur, sentant fléchir sa vertu, céder sa résignation, s'aveuglant des mains à la lumière qu'il hait, après avoir épuisé les conseils, les encouragements transmis en vain d'infortune en infortune, l'homme s'affaisse-t-il insensiblement sous son adversité? La puce grimpe, la puce pique, mord, perfore, taraude, s'acharne, et ce que les aphorismes de cinq mille ans n'avaient pu entamer, elle le perce au vif. Le malheureux s'impatiente, remue, rétablit la circulation du sens moral, reconnaît qu'il tient encore au monde par un fil : il s'y rattache, le suit et, avec le temps, reconquiert le courage et la tranquillité. O puces, voilà de vos œuvres!

— Vivent les puces!

— Il existe, j'en suis sûr, sous une latitude inexplorée, des peuples qui, dégagés des scrupules d'une civilisation prude, ont dressé à ces insectes des autels dont ils ne sont pas plus indignes que les dieux marmitons de l'Egypte. Je pourrais invoquer en leur faveur un million de preuves. J'en ai connu une à laquelle un de mes amis est redevable de la vie.

— Fabuleux !

— Chacun, en scrutant bien ses souvenirs, aurait son anecdote à raconter là-dessus. On ne finirait pas d'énumérer leurs services. N'est-ce pas une puce qui, demain matin, suppléant peut-être à ta vigilance alitée, m'évitera les remontrances joufflues d'un plat avoué, en me dégourdissant à sept heures? N'est-ce pas... Rebonsoir, mon bon, et mes civilités au grand Cujas... !

Il dit, et le bruit de ses paroles n'était pas évanoui, que résonna la même musique que produit le vent d'ouest, en se servant d'un tuyau de cheminée en guise de trompe.

Le mot qui exprime cela dans notre langue est, vous le savez, *ronfler*. Charles ronflait.

CHAPITRE XIV.

EXAMEN DE CONSCIENCE D'UN EX-MINISTRE.

La puce était toujours au même endroit, sur le duvet des rideaux.

— « Chétif insecte, me dis-je, laissant mon imagination au courant de mes pensées, j'ai condamné ta race à la mort bien légèrement. Que de périls pour la conscience dans le pouvoir! L'erreur lui bande les yeux; il trébuche sur le préjugé; son diagnostic l'abuse; sa lancette devient poignard. La mer du peuple est une onde épaissie par le remous et qui embourbe le regard. Que de barbaries dont la justice s'est glorifiée ! Que d'iniquités monumentales ! Que de statues d'or dont la rouille du temps a rongé l'alliage et dont le vrai titre ne pèserait pas dans la main d'un enfant ! J'étais si convaincu de l'opportunité, de la sagesse, de la profondeur de mon instruction ! Et voilà qu'elle est pour le moins équivoque. Que de maux ma bonne foi aurait causés, si je n'avais rendu mon portefeuille !

Charles a parlé comme un oracle. Oui, après réflexion, les puces sont respectables. Arguerons-nous contre elles de leur extraction ? Mais leur naissance est une faveur du ciel, un enchantement, une espèce de rève. Comme l'abeille sur la pèche murissante et pâle encore, ou plutôt comme la demoiselle des rivières balancée sur l'ondulation des vagues, peut-être, ô puce ! es-tu née sur un sein de vierge, as-tu dormi aux murmures des frais soupirs, as-tu été bercée au roulis suave de passions inconnues : tu t'es développée à la chaleur, tu t'es mirée dans la transparence de ton berceau. Te reprocherons-nous ta vie, à laquelle j'attentais sous de spécieux prétextes? Mais est-il inconcevable que tu sois, comme nous, par la finesse du travail, une œuvre chère au Créateur? Lui as-tu moins coûté? Ta mort creuse-t-elle un moindre vide que l'anéantissement d'un homme, sitôt oublié? Que reste-t-il des deux après un siècle? Qu'on m'indique dans la terre, cent ans écoulés, le résidu d'un cadavre! Tu as ton emploi, ta nature, ta routine. On se récrie que tu t'introduis dans le giron de l'intimité, que tu t'immisces, sans permission, dans notre intérieur... Et que faisons-nous tous à l'égard les uns des autres? Le tripotage, la médisance, la calomnie, ne sont-ils pas aussi des piqûres, et mortelles souvent celles-là, que n'absout pas le besoin de la conservation? Pressée par la famine, tu nous bois à peine une goutte du superflu de notre sang, et celui de tous les êtres, même de nos semblables, ne suffit pas pour désaltérer nos plaisirs ombrageux ou gloutons. Il nous sied bien, gorgés de rapines, de t'accuser, de te proscrire, d'être pleins de dégoût! Tu es un peu commère de petite ville, voilà tout. Tu aimes ta liberté, c'est une vertu. Je me demande maintenant d'où vient notre aversion pour toi, si ce n'est du besoin de haïr, d'opprimer? C'est que l'homme est roi, qu'il pratique sans contrôle l'abus et l'injustice; que l'autocratie est un poison qui nous rend furieux. C'est ainsi que nous nous sommes attribué le droit régalien de décimer le monde. Oh! quand j'étais...

CHAPITRE XV.

APOSTROPHE.

Mais quel vertige m'absorbe et quels grelots ont résonné autour de moi? Quelles piperies drolatiques m'ont tout-à-coup enclos dans leur ronde? Café, noire et violente liqueur, ce sont là de tes tours! Pressé par tes vapeurs, le front s'emporte et divague. Tu le tournes à ta guise. Sous ton impulsion, il sillonne l'étendue du possible et de l'impossible. Il rame dans le réel, il nage dans le fantastique. Lancé en pleine mer, l'esprit, passager solitaire, trompe la monotonie de la traversée par le chatouillement d'une puce ou la secousse d'une tempête, et peuple la nef de ses jeux. Arrête. Breuvage chanté par Delille, les poètes modernes t'ont rejeté de leurs coupes. Autrefois gentilhomme, de nos jours mésallié, tu n'es plus bon qu'à coordonner dans l'insomnie de l'avare marchand la théorie des mélanges, ou à combattre le remords et les soucis chroniques qui grattent à son chevet. Laisse-moi rouler sur la pente de mes rêveries. Animer de ta verve folâtre la froideur du magistrat assoupi devant la justice, détourner les soupçons du jaloux, épouvanter la coquette par ton audace ou mener à l'indiscrétion le misérable gueux d'amour qui grapille pour ses passions sur l'honneur de son ami; va! abuse de la frénésie de tes sucs; mais troubler la paix de ma chambre, malfamer mon alcôve, en faire un tréteau pour tes parades excentriques, — holà! denrée coloniale!...

CHAPITRE XVI.

A VOUS, MARIA.

Il se peut, Maria, qu'un jour, sous le fer du coiffeur, parcourant quelques lambeaux de ces pages sacrifiées à vos brillants cheveux, vous appreniez mon insomnie. Je prévois quels seront votre pensée et votre sourire.

Eh bien! non, vous vous trompez. Votre perspicacité est en défaut. Le désespoir, la désolation, les regrets ne m'ont point, lorsque je vous quittai, accompagné sous ces rideaux. La main sur le cœur, je jurerais de sa tranquillité en ce moment. Il me semble même, — pardon, Maria ! — qu'il s'est moqué de nous deux.

L'aurions-nous soupçonné il y a quarante-huit heures, dans ce bal, où il se perdait comme les autres dans la splendeur de votre beauté? Ses battements, qui fouettaient le sang à mon visage, n'étaient que des tentatives d'équilibre avec l'admiration générale. C'était une loi physique au lieu d'un phénomène moral. Comme on s'illusionne!

Vraiment, je me réjouis. Mais vous? N'étais-je pas un galant précieux? Au sein des courtisans radieux de figurer dans votre cour, parmi les hoquets d'esprit, j'étais discret, crédule, docile; une sorte de serviteur à toute main, dont l'espèce s'en va. Qui sait? J'ai parfois du roman et j'aurais pu, à votre école, passer pour un Sigisbé présentable. Quelle perte!

CHAPITRE XVII.

CONSÉQUENCES D'UNE HOMÉLIE AUX SERGENTS-DE-VILLE.

Le bal s'est mal terminé. Pour vous d'abord, dont l'œil scintillant, la voix vibrante avaient été vaincus par l'éclat et la sonorité du métal étalé sur les tables de jeu ; pour vous qu'on déserta, pour vous condamnée à ma simple unité. Je fus seul pour vous reconduire à votre voiture, ce qui vous avait inspiré tant d'humeur, qu'un petit Savoyard, enfant innocent de ce crime, malheureux grelottant et affamé, qui se leva du coin de la borne pour vous supplier, ne reçut qu'un murmure d'impatience. « Contre l'importunité et le nombre de ces mendiants. » Ensuite, la fête eut une mauvaise fin pour moi, parce que votre murmure, retentissant comme toute voix de jolie femme, fut saisi au passage par une patrouille, et retomba sur le pauvre petit diable.

Il continuait cependant d'une voix souffrante et pitoyable :

— *Un p'tit schou*... Ha! ma belle dame...

Votre voiture, — un fort bel équipage, sur ma foi! qui contenait bien, en ce moment-là, vingt mille francs de parures, Madame! — Votre équipage partit et le renversa. Je lui tendis la main pour le relever et vidai ma poche dans la sienne, humilié que j'étais de cette dureté d'une coquetterie blessée. Mon aumône fut son malheur. On l'arrêta en flagrant délit de mendicité.

— Non pas, dis-je, cet enfant est à mon service. — Viens, *Baptiste*.

La supercherie était grossière. On l'emmena, j'insistai.

— Si vous y tenez tant, me dit-on, vous réclamerez cette canaille à l'audience.

— Canaille! m'écriai-je; et certaine corde de sens commun que j'ai très sensible s'ébranla. Canaille! lui, parce qu'il meurt de faim! Mais que sont les escrocs de haute taille qui spéculent sur la confiance; ce tourbillon éhonté qui n'affiche une apparence d'honneur que pour exploiter un fonds de crédit? De quelle épithète qualifierez-vous cette lie dorée qui surnage en écume sur la société; ces bêtes fauves apprivoisées par l'instinct de rapine, aux griffes de loups, aux appétits de vautours? Le zèle vous talonne! Balayez des salons la quintessence de fripons qui se pavanent devant les cartes. Cernez la bande organisée qui s'insinue partout et qui bientôt, faute d'or à piller, s'en prendra aux boutons de nos habits.

Le thème était long ; la matière abondante.

— Allez, ajoutai-je enfin, allez, uniformes. Saisissez, enlevez, empoignez, incarcérez. Tous les honnêtes gens signeront le rapport.

Les uniformes furent si touchés de mon homélie qu'ils m'invitèrent, par des instances irrésistibles, à venir en édifier le poste. Je n'en sortis qu'au bout d'une heure, en compagnie de *Baptiste* qui se nommait Jacquot.

Ah ! Maria, cette heure m'a guéri de ce mal de tête qui nous paraissait de l'amour. C'est à vous que je dois ma convalescence, à vous qui aviez causé la fièvre et qui l'avez coupée ! Merci, Maria...

CHAPITRE XVIII.

A JACQUOT.

Jacquot, si quelque matin, ôtant l'enveloppe des deux sous de beurre vendus par la crémière, tu lis ce chapitre et mon nom, sache, pauvre petit, que tu ne me dois aucune reconnaissance. Les défauts et les vertus de ce monde remontent à des sources si bizarres et d'une telle obscurité, qu'elles sont souvent inappréciables, même à leur auteur. Nous nous jugeons mal; et je ne commence qu'à soupçonner les motifs secrets de ma générosité pour toi.

Je n'aurais probablement pas été un protecteur si fervent, sans mon intention d'humilier Maria ; et, en m'opiniâtrant jusqu'à me faire mettre au poste, je n'ai peut-être cédé qu'à la satisfaction de soulager mon antipathie contre les abus d'une classe d'hommes, abus auxquels je serais sans doute moins sensible, s'ils n'étaient choquants d'impunité, d'arrogance et d'impudeur.

Ainsi, velléité de vengeance sur Maria, et peut-être humeur contre ces pirates de salon que la mode et la civilisation patronisent, voilà mes mérites : tu y pèses bien peu.

Néanmoins, Jacquot, tu te penses sans doute encore lié envers moi ; car il y a un bon sens meilleur que la philosophie minutieuse. Eh bien ! demeure, si tu veux, mon débiteur, et, chaque dimanche, pour payer ta dette, sur la pierre du temple où tu ploies tes genoux raidis du travail de la semaine, demande à Dieu que désormais je ne fasse le bien que par estime du bien. Prie pour moi ; car, fils d'une génération d'Encelades, nous avons détrôné la divinité et relégué la prière dans la bouche des enfants pauvres et des mères pieuses; la seule providence aujourd'hui du palais et de la chaumière.

CHAPITRE XIX.

QUE TOUT LE MONDE A FAIT ET QUE PERSONNE NE LIRA.

A vous, maintenant, mes familiers camarades. Engloutis dans le dévergondage insolent du breuvage prescrit par Stéphane, reparaissez. C'est à vous que je veux parler : je vous consacre tout un chapitre de cette nuit, chapitre qui sera pillé des lecteurs, si je vous dépeins au gré de ma reconnaissance. J'entrevois de grands hommes et de belles dames épris de vous; la foule s'arrache votre portrait. — Ce qui ne peut manquer d'arriver, pourvu qu'on ait l'heureuse idée de joindre à chaque exemplaire, sans augmentation de prix, un coupon de rentes sur l'État ou une action dans les rail-way.

Sous la ligne équinoxiale de cette comète vagabonde à laquelle on a donné le nom de cerveau, vit un peuple actif, fécond, ingénieux, obéissant et jeune jusqu'à la mort. Gaîté mutine, chuchottements inouïs, sensibilité de jeune fille, les êtres impalpables qui le composent sont de même aimables, mais non moins ombrageux. Il en est de toute taille, de toute couleur, de toute voix, de toute nature, de tout sexe et de toute beauté. J'en connais qui sont de frais amours aux joues vermeilles; d'autres, des figures pâles et mélancoliques; d'autres, chevaleresques et hardis, à ce point que, dans la rue, ils se heurtent, eux Lilliputiens, à ces génies merveilleux qu'on désigne sous l'apostille de gens d'affaires. Désirez-vous la joie discrète, l'hilarité sans cravate dans le coin de l'intimité; demandez-vous la voix causeuse de la sympathie ou le silence de deux âmes qui se fondent ensemble, appelez; les voici : types de miniature, personnages de hautes toiles, si jolis qu'ils font pleurer de tendresse, si tristes qu'on s'oublie pour eux, si gais qu'on les envie, et tous si intéressants qu'on les abandonne toujours à regret. De goûts différents, ils se plaisent, qui, au bord des fontaines, près de la sarcelle portant la couronne d'émeraude du coléoptère; qui, sur le rivage nu de la mer, au milieu des mouettes taciturnes et des cornillons criards; qui, sur le haut des montagnes, ombragés par le vol des grands aigles; qui, au fond des vallées, plongés dans les roseaux frémissants : au bois, sous le rameau où le nid s'emplit d'oisillons; sur les nuages enflammés du soir, les teintes bleuâtres et mobiles du matin, ou suspendus aux flancs de l'orage. Ils pénètrent par une vitre cassée dans la mansarde du pauvre artiste et du poète; par une fente de la porte dans le cabinet du savant et du sage modestes, de peur de faire envoler au bruit de la clanche quelque précepte ou quelque vérité. Ils visitent les amis absents, ils veillent au lit du malade : et surtout, surtout, ils aiment à s'arrêter là-bas, tout là-bas, loin, bien loin ; — pas si loin pourtant que je n'espère y retourner quelquefois et y mourir un jour ; — au fond d'une de tes vieilles provinces, ma France, sur un toit d'ardoises jaunies, où tant de pigeons font la roue et jasent tant d'hirondelles. Ils entrent dans une chambre en ce moment déserte, courent dans les églantiers, les lilas, les pommiers, et se posent sur une tête blanche et courbée qui se redresse alors, et sourit à leur présence. Ils parlent bas à une femme dont le cœur est éprouvé, et recueillent, dans la conque d'un duvet, une larme qu'ils chassent vers moi en soufflant ; puis, légers de deux baisers, ils partent pour l'appel du soir. A ma voix, chacun accourt de son horizon. Leur arrivée est une confusion d'ailes bleues, blondes, blanches ou noires : nul ne manque. Émissaires de mes caravanes à perte de vue, ils sont exacts sous l'arbre du désert. Sujets empressés, il faut les voir se ranger sur mon lit, gravir l'oreiller, se jeter du plafond en tournoyant, pirouetter sur l'édredon, se tenir aux glands de l'alcôve, s'enrouler comme des couleuvres aux colonnades et me tirer la plume des doigts. Ils défilent sous ma vue; je m'entretiens avec eux. Le sablier se vide, la montre palpite en vain; ma vie s'arrête. Le butin qu'ils rapportent est un vase des parfums qu'ils répandent sur les plaies du jour et qui les adoucit. Tandis que ces intrépides défenseurs du passé font reculer le temps qui menace, je reste stationnaire dans le courant des heures. Ah! point de plus belle armée d'empereur, de plus ravissant coup-d'œil, de plus brillante revue... Et tout cela sans budget!

CHAPITRE XX.

UNE REVUE.

Venez çà tous, mes gentils satellites. Déployez vos lignes flottantes, confusément éparses dans les plus lointaines perspectives du souvenir. Je vous nommerais tous par vos noms, comme César ses vétérans. L'étude a beau vous lancer des pierres, les bouquins vous inonder de poussière, les quatre vents de l'expérience souffler sur vous, je suis toujours faible pour vous, mes premiers, mes vieux, mes bons, mes chers amis. Quand j'ouvre mon cœur à vos souvenances, il me semble qu'une haleine caressante le rafraîchit. Approchez. La curiosité de cette grande ville cuve son orgie du jour; tout est calme; hâtez-vous, car, ici, entre hier et demain, passent, comme un immense réseau, des bourrasques qui enlèvent les rois et les dynasties. Pourquoi hésitez-vous? Enfantelets! L'éclaboussure de ce bec d'acier vous intimide? On voit bien que vous n'êtes pas de notre temps. La civilisation a passé l'âge de la pudeur. Venez hardiment.

Vous avez vos bannières, vos insignes et votre mélodie. En vous écoutant, tous les arpéges de l'âme résonnent. Mille choses renaissent, qui se mouraient. Mille plaisirs revivent, mille joies reparaissent, joies secrètes, dissimulées, profondes, dont on goûte seul la saveur, qui n'ont de prix pour personne, mais sans lesquelles on eût langui, et qui sont, pour ainsi dire, des sources jumelles où l'on a bu la vie.

C'est la maison qu'on a laissée, triste et presque vide. C'est l'image d'un vieillard frappé avant l'âge (s'il est un âge!), assis près du foyer, et flattant le chien du logis, dont la tête repose sur un de ses genoux, en mémoire de son maître absent. C'est une mère qui nous rappelle ; c'est le tableau d'un village ou d'une bourgade, la première parole d'amour ou le dernier mot d'un ami ; toutes nos habitudes, toutes nos affections, tout ce qui meuble l'âme et la soutient, tout ce qu'on n'a jamais dit, tout ce qu'on ne dira jamais.

Et beaucoup de riens frivoles d'un prix inestimable, éloquents, sages, doux, régénérateurs. L'hirondelle à la jalousie, le nid de chardonneret dans le lilas, la glane des moissonneurs; et le reste qui n'eurent point de symboles, point d'événements, pour les fixer, les rattacher, les faire saillir à l'œil et qui pourtant sont si visibles à l'esprit !... Non, on n'exprime jamais cela.

❋

CHAPITRE XXI.

UNE LÉGENDE.

Une fois, entr'autres, une fois, ce fut bien pire : il s'agissait d'un pied. Mais quel pied! non pas un de ces pieds vulgaires, tels qu'il s'en rencontre par-ci par-là; pieds de grande dame mis à la question pour crime d'indépendance, un de ces pieds qui se font petits par orgueil, les jésuites! comme on dirait au collége de France; mais un petit pied de bon aloi, ayant l'assurance naturelle du mérite, un peu fantasque, un peu original peut-être, mais sur lequel la lime du critique n'aurait pas mordu de l'épaisseur d'un cheveu. Je le connus au bois où il s'était aventuré en chaussure de satin et piqué, en courant, — car courir était sa passion, — d'une grosse épine, plus grosse que lui, ma foi. De sorte qu'il était seul sur la fougère, souffrant beaucoup, chaussure de satin d'un côté, bas de soie blanc de l'autre. Enflé du double, ce qui le rendait bien aussi large que la main, il faisait gros dos comme une caille souffreteuse et pleurait une goutte de sang. On aurait juré un œuf dans l'herbe; c'était pitié. Je rassurai sa pudeur et soulageai sa souffrance en extrayant le dard de la plaie. Je lui dressai un tabouret de mousse, sur lequel on l'aurait divinisé. Après quoi, je fis approcher une calèche dans laquelle je le portai et qui l'emporta plus sauvage qu'un lion. Je l'ai revu après sa guérison, onduleux dans sa bottine, comme un serpent, d'une agilité de chat; relevant et courbant à souhait son extrémité effilée à l'imitation du nez vermeil de certains lézards. Tantôt furtif et coquet, tantôt plein de laisser-aller et d'indolence; tout à l'heure fringant danseur, pétale arraché aux guirlandes des banquettes par un ouragan harmonieux; plus tard, goûtant je ne sais quelle fainéantise songeuse, véritable feuille de lis repliée et non des plus grandes; un objet de nacre d'une gentillesse fugitive à la description, un pied enfin à faire damner toute la généalogie de saint Crépin. Le poisson sortant de l'eau sur le gazon frais, les pennes de l'oiseau-mouche battant des entrechats sur les fleurs, ne sont rien en légèreté. Des hommes graves ont passé des nuits à l'admirer. Que ne l'avez-vous vu, lorsque, perdu dans un pli de robe et sortant peu à peu, il déployait dans son soulier d'enfant la flexibilité de sa cambrure, s'avançant et fuyant d'un trait, se laissant deviner à la boursoufflure presque imperceptible du voile et se faisant désirer, en pied désirable qu'il était! Plusieurs ont répété qu'on lui remarquait dans ces circonstances des soubresauts et des frémissements, à lui particuliers, équivalents à ce rire contenu d'un espiègle content d'un coup heureux. Hélas! qu'il y a d'années! Rose et pied mignon, vous êtes de vieilles réminiscences. Nous sommes bien changés. Allez, mes amis, allez; vous seriez mal à votre aise avec moi, et je serais probablement dans l'obligation de rougir de vous; car il est un âge où le droit de commettre de petites sottises nous est enlevé.

Cependant je n'aurai pas le lâche courage de vous chasser. Attendez pour regagner les steppes de ma mémoire que le jour, près de poindre, ramène la réalité des misères plus sérieuses. Dans le lieu de votre naissance, nulle de ces clameurs insolentes qui font bouillonner mon cœur, nul de ces cris de détresse qui le déchirent et que je n'apaiserai pas, n'effarouchaient nos causeries. Votre langage était si doux! et depuis....

Mais ils sont tous envolés pour ne plus reparaître sans doute, chassés par un rayon qui, descendant de cette fenêtre en face de la mienne, vient de tomber sur ce papier.

CHAPITRE XXII.

UNE FEUILLE EN PLEIN VENT.

Derrière la gaze diaphane des rideaux, passe l'ombre d'une femme. C'est la malheureuse que les joies travaillent, qui subit, dans une liberté amère, la domination de l'esclavage. Elle arrive d'une fête, épuisée avant la nuit. Les pièces de sa toilette glissent une à une ; elle se contemple avec le dégoût de la lassitude. Que de ravages depuis l'époque des langes du berceau, sur lesquels son enfance rose et nue vagissait sous les baisers de sa mère ! Que de mensonges calculés, que de paroles vides, que de peines et de plaisirs brûlants ont remplacé l'expansion, la franchise, les chagrins rapides, sans trace, sans remords, que personne n'a interrompus ni confisqués à son profit ! Elles étaient bien à elle ces jouissances de la douleur passagère et des longs contentements ! Pourquoi a-t-elle rejeté ses occupations de jeune fille ? Où sont les oiseaux et les rosiers de sa fenêtre ? Son bonnet modeste, son aiguille laborieuse et chantante ? Le prie-Dieu du matin et du soir, les repas et les amours de la famille, les vertus du foyer tranquille et honoré, les cheveux blancs de son père, où sont-ils ? Elle se sourit. Sa taille est svelte encore, ses bras ronds, ses mains blanches, sa tête ondée de boucles abondantes; sa bouche à conservé même quelques couleurs devant les lis de son rire renommé pour sa force et son éclat. Elle s'humecte d'essences; elle étouffe sous les parfums la fumée des Saturnales. Mais quelle onction les effacera de son âme et de son cœur? Va, redouble de soins. Polis ta fraîcheur, ranime ta jeunesse; tu en dois compte à ceux qui se sont faits les maîtres de ta personne, et ce corps n'est pas à toi. C'est à lui, leur bien, que s'adressent les présents, les parures. C'est à lui, obéissant et jeune, qu'on les prodigue; le vin du banquet, c'est pour lui qu'on le verse. Les couches ornées, les meubles luxueux, le mystère des boudoirs, les nombreuses promesses, les feintes prévenances, tout ce qui enivre et assourdit la raison, à lui, tout pour lui, rien pour toi. Et qu'es-tu? L'oiseau débile échappé du nid et renvoyé de rameau en rameau jusqu'en bas; la feuille détachée que le vent promène. Tant qu'une brise la pousse, elle franchit, légère, la largeur des précipices ; mais que ce souffle cesse, la feuille s'engloutit à jamais au fond des abîmes, où plane l'immobilité du désespoir. Tu y descendras seule, sans amitiés, sans alliances, sans consolations, glacée, morte, avant de rendre le dernier soupir. Les commensaux qui t'ont pliée aux monstruosités de leurs caprices, qui se sont séparé les lambeaux de ton innocence, servi ta crédulité en pâture, s'en seront réjouis une heure entre eux et l'auront oubliée. Prolonge cette ère d'aveuglement par la mollesse et le luxe : trompe comme on t'a trompée. Hâte-toi ; car sous la moelleuse souplesse de la peau, ton sang se décompose et se refroidit ; l'hydre qui te possède creuse chaque jour une ride sur ta beauté ; tes lèvres se vident, tes yeux se ternissent ; l'expression erre sur tes prunelles sans s'y fixer, et, dans ce cercle verdâtre qui les entoure, remuent et se multiplient les larves de la vieillesse et de la destruction. Efface, si tu peux, ces signes précurseurs de ruine : fais ruisseler l'huile et les aromates. Songes-y, ces charmes extérieurs forment toute ta puissance, et s'ils te manquent bientôt, au moins qu'il te reste une senteur de tes jours exaspérés autour du lit de la charité et que, sur la dalle funèbre, l'ambre et le musc surmontent l'odeur des cadavres voisins et celle de ta double corruption.

CHAPITRE XXIII.

APOCALYPTIQUE.

Ici, il y a une lacune dans mon insomnie. En achevant de sténographier à ma manière ce qui précède, ma main s'engourdit et ma pensée courant toujours, elles furent bientôt séparées par un intervalle considérable. De la jeunesse séduite à l'autorité de l'or, de l'autorité de l'or aux qualités requises pour acquérir de l'or, mes idées fournirent d'une haleine une traite de mille lieues, au bout desquelles l'écheveau de mes séductions devint si menu qu'il me glissait des doigts. J'abandonnai dans le crépuscule du sommeil ma pensée à son libre essor. Mais, abusant de ma facilité, la folle s'égara dans un labyrinthe de considérations ténébreuses et sombra complètement dans une vision. Malgré ma promesse d'être indiscret toute cette nuit, je ne puis m'empêcher de faire observer qu'il faut être de parole pour, en plein XIXe siècle, selon la rubrique, consigner la vision suivante, qui sera le seul point merveilleux des élucubrations innocentes de mon alcôve.

Je me trouvais, je ne sais comment, sous le péristyle d'un édifice dont l'architecture antique annonçait qu'il avait été dédié à un culte sacré. Les portiques étaient encombrés par l'élite des citoyens qu'on aurait pris pour des magistrats se rendant à leur tribunal, pour des législateurs absorbés par des méditations sur les intérêts généraux, et se préparant à parler le langage de la vertu désintéressée devant un auditoire de héros. Un tel extérieur excita ma curiosité et je me mêlai à la foule. Elle se pressait autour d'une enceinte réservée aux chefs du conseil. Au centre de cette enceinte, dans un treillage présentant la forme d'une grande corbeille évasée, incrustée par le fond au parvis, se dressait la silhouette nébuleuse d'un démon, empreinte d'une méchanceté sardonique, surhumaine et d'une royauté fatale, qui me parut imposer à tous son influence et n'être visible que pour moi. Sa présence en ce lieu m'inspira bien quelque crainte, mais la gravité de tous ces personnages, illustrés sans doute par un entier dévouement à la république, me rappela les écoles de la Grèce et de l'Italie anciennes. Plein de souvenirs, touché d'admiration, des larmes, que j'ai eu trop rarement le bonheur de verser, humectèrent mes paupières. Je me dis, transporté par l'espoir du spectacle auquel j'allais assister : — « A coup sûr, c'est ici un aréopage, un forum, un sénat. Ce sont là autant de pères conscrits dont la bouche réforme les mœurs et professe une auguste liberté. Heureux l'état qui tire d'une seule ville tant de sages ! Bénie entre toutes la cité dont les enfants font de leurs pensées un sacrifice austère à l'harmonie publique ! La belle nation ! Le grand peuple ! Il est digne de commander au monde... » — En effet, ensevelis en eux-mêmes, ils ne devisaient que pour se passer une réflexion. Ceux du parvis réservé, plus méditatifs encore, ne manifestaient de distraction que pour écrire sur leurs tablettes les passages importants du discours qu'ils devaient prononcer. Je remarquai des jeunes gens, qui n'avaient probablement mérité d'être investis de la fonction éminente d'enseigner leurs compatriotes, que par des preuves extraordinaires de probité et d'un sincère amour de la patrie. Même, ils marchaient de pair avec les vieillards, qu'une vie d'abnégation avait élevés à ce poste distingué, soumettant ainsi à un même tribut d'honneurs l'égalité de la raison dans l'inégalité de l'âge. Pour relever encore la majesté de l'assemblée, les statues des villes de la république étaient rangées à l'entour, comme un témoignage continuel de sa reconnaissance, un hommage constant et un encouragement muet à la persistance au devoir. Cette remarque me piqua d'émulation; les nobles et ambitieux désirs de ma jeunesse remuèrent en moi; j'enviai, avec respect, cette tâche sublime, et je me sentis un moment trop rétréci par une longue inaction, pour contenir dans mon cœur le germe qui s'y développait avec énergie. J'enchaînai pourtant cette fermentation pour réunir toutes mes facultés attentives, quand ils s'appuyèrent sur le bord de la corbeille, couverts par les deux bras du génie, prêts à entamer l'entretien fraternel sur les affaires publiques. Le silence devint solennel, presque religieux. J'étais tout enthousiasme, je me serais écrié comme l'apôtre devant Jésus transfiguré : « Dressons ici une tente. » — « Ah ! pensai-je, le voilà donc enfin l'enfantement de cette grande œuvre dont je m'étais échappé d'amertume et de désespoir, comme d'un lac de Tantale ! La grandeur de l'homme dans la fraternité et la raison, la voici donc ! Malheureux ! je désertais la civilisation énervée que je ne pouvais ni éviter ni haïr..... Alors je n'avais pas vu mes semblables monter à Dieu par les degrés de l'esprit et s'illuminer de sa gloire ! Aréopage, Sénat, quel que soit ton nom, assemblée régénératrice, salut ! »

Je me disais, un signal retentit et le coup d'œil et mes espérances, et mon admiration furent bouleversés.

Le changement se fit avec la rapidité, l'explosion dévorante de la flamme sur le salpêtre. Il me prit dans l'effervescence de l'attente, il me frappa comme m'aurait accablé l'écroulement de l'édifice et je passai par cette glaciale transition d'une enfant délicate, épanouie au soleil éclatant, qu'on plongerait tout-à-coup dans les froides ténèbres d'un abîme. Ce fut hideux!

Ces hommes, que je divinisais, éclatèrent de rage. Les traits tendus, les yeux en saillie, la bouche en grimace et hurlante, ils se précipitèrent les uns sur les autres et, n'eût été l'intervalle de la corbeille, ils se seraient déchirés avec les dents. Ce ne fut plus que tumulte, incontinence de gestes, délire furieux. Ils criaient, ils rugissaient. Des lambeaux de paroles, que je comparerais à ces flocons d'écume que secoue un cheval forcené, retentissaient et tombaient sans suite. On entendait parler d'argent, d'or, de fortune, de ruines, de ventes, d'achats, mots pareils à des imprécations. Et, comme leurs cris ainsi mêlés étaient confus, ils faisaient des tentatives puissantes pour dégorger avec plus de bruit, du fond de leurs poitrines, le venin de la cupidité que l'avarice y avait distillé. Ils s'agitaient, ils se ruaient. Ces têtes de vieillards, si belles par les intentions que je leur avais supposées, étaient ébranlées par les crépitations d'un emportement furibond; les fronts de jeunes gens tremblotaient; le sang, chassé de leur visage, et brûlé par ce poison de l'intérêt qui desséchait leurs âmes, s'emblait épuisé par cette énorme et précoce débauche. Dans les cabanons, les rixes de vagabonds ivres, dans l'œil terne de la créature misérable qui, me touchant le manteau, m'avait murmuré à la porte de son repaire : — « Viens, j'ai faim...» — Je n'avais rien contemplé, rien soupçonné de cette décrépitude haletante qui réduit la face humaine à la contraction d'un cadavre expiré dans les tortures. J'avais vu le vice emprunter à la grâce quelques-uns de ses dehors, mais non pas l'impudeur se démener en luttant de cynisme; je m'étais figuré les jeux dépravés du cirque, cruels, sanglants, il est vrai, mais occupés par le rebut des esclaves; par les premiers citoyens, j'entends les gens de cœur, jamais! Je m'aperçus bien de mon erreur; ce lieu où j'avais commis un outrage envers la divinité en le considérant comme un temple, n'était qu'une sorte d'égoût ouvert au conflit des mauvaises passions par la prévoyance du législateur, une cour des Miracles où s'étalaient toutes les difformités morales. Je regardais dans la stupéfaction, lorsqu'enfin les voix qui, décimées par les efforts, s'éteignaient sensiblement l'une après l'autre, s'étouffèrent dans un râle d'impuissance. Sortant alors de mon immobilité ; — « O Dieu, dis-je, retenez votre foudre, ne frappez pas encore; donnez-leur le temps du repentir. Tout dégradés qu'ils soient, ils sont nos frères ; la lèpre les a gagnés. Guérissez-les, ou, s'il est trop tard, faites qu'elle n'atteigne pas leur postérité! » — A ces mots, tant il me semblait impossible que la colère céleste ne les menaçât pas, je m'en fuis de cet édifice, et si précipitamment, qu'avant d'avoir lu le frontispice, la terreur et le dégoût m'éveillèrent.

Que ceci existe, que ce ne soit véritablement qu'une hallucination du sommeil, je n'ai pas le temps de l'examiner, pressé que je suis d'en finir avec la nuit qui se dissipe. Le lecteur, s'il arrive que j'en aie un, ou ma charmante lectrice, y pourra penser dans ses moments perdus.

CHAPITRE XXIV.

ET DERNIER.

Voici l'aube qui apporte jusqu'à mon chevet les murmures du trottoir. Il est temps de voiler les nudités de l'ombre. Il est l'heure de revêtir la livrée sociale et d'endosser le harnais de la journée. Quels seront les vertus et les vices en vogue pendant la durée de ce nouveau soleil? A quel prix les cote-t-on? Est-ce encore le désintéressement qu'on vante et la cupidité qu'on suit? L'amitié qu'on préconise et l'ami qu'on exploite? La confiance qui prononce et l'escroquerie qui agit? Entre l'amour et la prostitution, va-t-on établir une différence pour tous? Sera-t-il permis de n'avoir que son esprit sans passer pour un niais? Pourra-t-on causer deux heures avec ceux qu'on aime, rassuré contre le bon mot brutal qui entre sans frapper, en éclaboussant la boue dans laquelle il se roule depuis la veille? Pas de rustaud plus mal appris que ce bon mot maigrelet sans cesse pendu à la sonnette, se trémoussant, éternuant partout, et qu'on croit bien loin quand il tousse derrière le paravent. Envain vous recevez de mauvais visage cet intrus qui s'installe effrontément et se fourre à travers les confidences. Fermez portes et fenêtres, il dégringolera par la cheminée. S'il n'arrivait encore qu'au dessert, comme les nains difformes du moyen-âge, dans un pâté! Mais il bourdonne, bourdonne partout et toujours. Il n'est rien qu'il respecte, rien qu'il n'obscurcisse : il envahit comme une nuée de moucherons.

Puissent en être délivrés les lecteurs qui se plaisent dans le *farniente* d'une conversation intime ! Pour moi, après avoir épuisé, dans cette insomnie en grimoire, la potion violente ordonnée par Stéphane, je vais goûter un sommeil désiré. Qu'ainsi soit récompensée de sa persévérance, toute âme courageuse qui m'aura lu jusqu'au dernier mot, ENTRE DEUX DRAPS !

FIN.

TABLE.

—

FIN DE LA TABLE.

Paris. — Imp. de Lacour, rue St-Hyacinthe-St-Michel 33.

www.ingramcontent.com/pod-product-compliance
Lightning Source LLC
LaVergne TN
LVHW020327230826
846091LV00003B/786

9782329047690